女世界

楊小濱

目次

輯一　是女

輯二　有女

輯三　女的

輯四　女了

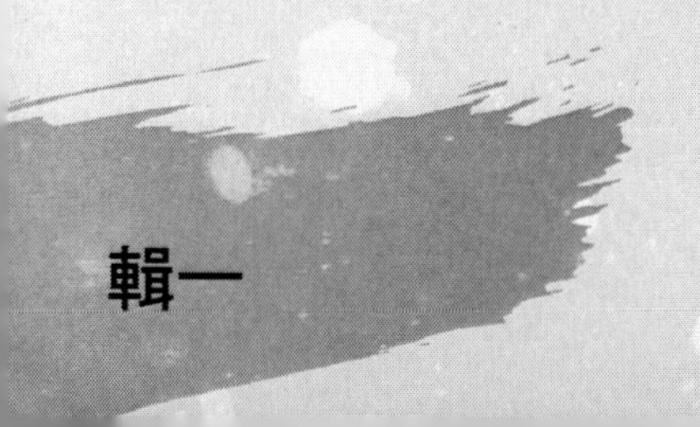

輯一

是女

我們走在女路上

遠遠跑來一條路，她用陽光
撲倒了我。但我的老年
根本看不上她積雨的鎖骨。

被強吻時，我嘔出了路的汁液。
春天，路擰乾後更加沒趣。
一踩秀髮，我就跌入蜘蛛地圖。

路抱緊我，彷彿我是她的恨；
路抽打我的步伐，像玩撥浪鼓。

她招展的舌為我指方向：
「過了晴天，不再會有江湖。」

我看不見正前方，因為路扭扭
捏捏，好像光明會有劇毒。

但遠遠地，另一條路在招手：
她的笑容也在另一邊，看上去像哭。

一陣女風吹來

一陣女風吹來，卻沒有帶來女雨。
我有點緊張，起了雞皮女疙瘩。

一陣女風吹來，傳來遠處的女音樂。
我好悲傷，流下女眼淚不說，
還寫了一首女詩。

一陣女風吹來，我根本睡不著女午覺。
不管誰丟下女髒話。

一陣女風吹來，女電話鈴響起。
也聽不清女英文。女街上
女燈點亮了我的女歡喜。

一陣女風吹來。女煙一縷飄忽在
飛馳的女火車上，像女刀割破男時間。

送你一朵女玫瑰疹

送你一朵女玫瑰疹，
還我什麼？
一籃哭喊。
把你叫做女巧克力也不甜。

借你一束女桃花劫，
還我什麼？
百年孤獨。
開滿影子也找不見女篝火。

寄你一把女芝麻鹽，
還我什麼？
十面埋伏。
只有女秋天刺耳響起。

餵你一口女西瓜霜，
還我什麼？
一輪明月。
女白眼趕走了男烏托邦。

我心裡有個女祕密

還用說嗎？她假裝
把彩燈掛在玫瑰眼圈上，

問我鏡中天黑了沒。我不敢聽
雨聲，病得多慌張。

卸下妝就露出動物園，
爬到地圖上等受傷。

燈影裡溢出鹹，那是
鬼呼吸著紅，練習翻床。

半夜用哈欠數亂髮，
秒針總是比分針還長。

藏進心裡，掏出來就更新，
扯成絲，要變無事忙。

我和月亮失散於一次女考試

我和月亮失散於一次女考試。

那是一個夏夜，蟋蟀們剛喝醉，
螢火蟲們剛暴斃。
我偷看了女星星的複習題，
以為可以中個狀元。

我錯了。萬加萬等於無。
女北京有直立猿人，
他媽的媽可能是他姐姐。

月亮有點羞澀，捂住眼。
在黑夜的考場裡，她不想記起
飛濺的翅膀和頭髮。
她迷失在宇宙的胃酸裡。

一夜過去，女星星們咬爛了手指。

監考官爬上雲層遠眺：
「沒有女真理，就不會有男謊言。」

女鐘筆記

三點半彎腰過來，她發不出
十一點零五的尖叫。

鑽進陰天酸溜溜的腋下，
她等著拋十點多的媚眼。

九點揉痛了八點的惺忪，
早晨打了個哈欠，以為是夢。

她站在一點半的山崖上，
張望更陡峭的午後。

繞了一圈，尖的依舊尖，
雙腿被四點鐘撇開，還等什麼。

一抬頭又愁眉，滿世界蛇影
拗造型纏住她秒殺的花容。

在女黃昏醒來

黃昏是溫柔鄉嗎？夜快降臨了。
醒來還沒黑，一股焦味
彷彿末日，總是那麼誘人。
已經發不出聲了，但還記得
清晨猙獰成多餘的冷。
而黃昏，用力聞也能聞出
巧克力，黏住嘴唇的那種，
就捨不得留給螞蟻了。
被黃昏騙就騙了吧。
至少明天還趕不上今天，
可以趁這一刻的朦朧
再大病一場，用暮色
洗刷幾天來的罪，
就如同淹沒在糖漿裡，
一生的甘甜都變得致命。

學做女料理

1

撒一把淚，會不會
又辣出更多淚？
加些盈盈笑，是否
比江南煙雨還甜？

2

拌在嬌嗔裡，就有
乳香撲鼻而來。
從還沒破碎的瓷，
喝下眼波迷離。

3

烤不掉的騷味繚繞，
熏出滿眼昏黑。
爐膛裡燃起小心肝，
明火執仗，吞噬了冷豔。

4

在湯裡躺下，噘嘴，
懷抱葱白而眠吧。
肌膚暖如亂燉，
千堆雪融成三鮮羹。

5

最燙時，披一身雲霧，

開出水芙蓉蛋花。

煮活的美人魚呢，

刺紅了鼻尖上的女兒國。

輯二

有女

為女太陽乾杯

不過，當太陽蹲下來噓噓的時候，
我才發現她是女的。

她從一清早就活潑異常。
樹梢上跳跳，窗戶上舔舔，有如
一個剛出教養所的少年犯。

她渾身發燙。她好像在找水喝。
我遞給她一杯男冰啤：
「你發燒了，降降溫吧。」

她反手掐住我脖子不放：
「別廢話，那你先喝了這口。」
她一邊吮吸我，一邊吐出昨夜的黑。

「好，那我們乾了這杯。」

瞬間，她把大海一口吸乾，醉倒在地平線上：
「世界軟軟的，真拿他沒辦法。」

給女太陽撓癢

她一笑，世界就透不過氣來，
汗津津的祕密峽谷，
她有春天的風和脾氣。

她蕩漾，撒幾片晨曦，
身段紅起來，讓我的
懶腰裡也湧出花朵。

她喊來另一次潮汐，
高亢處，正午黑暗降臨，
叫醒我深海的幻影。

她丟出星星般的眼神，
告別西天取來的美酒。
她一醉，世界便呢喃成顫音。

女氣象圖說

互相吞下後，從身上撕掉了雲，
把糾纏的雨潑在一邊。
繼續唱出骨刺的高亢。

有雷聲揉成一團傾訴。丟掉淅瀝
剩下的髮絲打不濕情緒。
一汪年輕，淹沒了喉嚨裡的墓。

在濃霧裡攪出辛辣，含一枚
月亮，說死了兩相不願。
月光幾乎是砸過來的。

讓人滑倒的不是霜，
是臉色，背面藏起乾涸。
起先是淚花，然後換成冰花。

誰吐出了七星暴風劍？
兩種頭顱，一樣情仇。
吹散烏鴉夢，就噙住滿眼海水。

懷抱一座女橋

懷抱一座女橋，如同懷抱彩虹。
在雨後，淚奔的河上。
甩出時，橋的劈叉令人驚歎。
已經留不住了，那陣風，
落日吞沒了橋上的游魂。

把女橋捲起來呢？假如，
她捆不住黃昏的河，
那就只好無力成水蛇，
揉出琵琶的碎日子。
那是女橋的一點羞澀。

抻長的女橋，瞇在丹鳳眼裡。
世界只是倒影，從
橋孔裡擠到另一個天地，
就忘記來時的方向，
金燦燦，但漫無邊際。

致女蘋果

怎麼，你還不願熟透嗎？
我以為，紅彤彤一定是最痛的，
看來你好像曬傷了。

你很毒，但不會比太陽更毒。
所以，我總是把你關在暗室裡咬。
我一緊張，臉就會陷進你，
全身長滿香噴噴的渣。

這不是我的初衷。因為
果肉圓起來，也不會比我更圓。
你又何不放下身段，
脫去果皮，滲出新鮮汁液呢？

你不忍從樹上落下嗎？
你怕世界的懷抱有多麼透心涼。

沒關係，你要吃掉我也行。
前提是，我是一隻貪心的男毛毛蟲。

女風景畫傳

屁股說，再高一點吧。
遠看，一汪眼淚
濺起秋天，連水面也
泛紅了，捂不住蕩漾。
蝴蝶挑逗了多少意亂？
落葉只剩一堆情迷。
是常常要撲倒的那種冷，
不免驚叫成豔照，
彷彿天氣又變正經了。
遠遠踮起的不是盼望
是一截拔不直的弧
反彈給銀河琵琶，讓　滴露
渾圓欲放，卻軟不過天空。
屁股吃吃笑了，用緋紅
抹掉桃紅，翹起整座森林……

女年女月女日的故事

（我們在霧裡互相叫喊。）

她的聲音有如從海底撈起
一條比目魚，沙啞，
濕漉漉撲騰，擰出漫天雲霧。

（我們約在堤岸上熱吻。）

她的鼻息急促，好像一條
快要昏厥的水蛇。游到對岸時
她抓住了粼粼波光。

（我們光溜溜地撞彎了。）

她全身飄滿細雨，彷彿
一場水母的疾病，從琴弦蔓延出
萬般妖嬈，纏綿不止。

（我們晾在沙灘上，被踩得稀爛。）

女紅綠燈之城

在我身後的姐妹花，曾經
翻滾成歡愛，給這個城市
帶來多少亮點。她會說，
嗯，或者，不，偶爾
也在兩者間猶疑，在
新葉和花瓣間閃爍
陽光，但轉瞬即逝，
是我的最愛，變幻出
無限迷離。姐妹們
不知疲倦的三重唱，
給春天多少假意的深情，
而她們的眼神，遠遠看去
獻給每一個旅人，照亮
無窮動的飛輪，跳向未來，
或猛然止步於驚魂。
在我面前的亂花迷眼，
一眨見就心軟，一嬌嗔就
片片狼藉，飛吻出滴答鐘聲，
提醒每一次阡陌交錯
都要錯亂於豔遇，正如我
留下的眩暈，依舊
在分分秒秒的徘徊間，
眼巴巴地，喘息著成長……

懷念女卵石

在海灘上，那些光滑精靈，
像掉落人間的白矮星。

我曾經把她們扔進海裡，
看海面能升得多高。

卵石比暗礁狡猾，從不悔恨
時間被砸得七零八落。

一個世界丟掉不再回來。
我手裡漏走了她們的滿不在乎。

海風吹過指縫還剩下什麼？
烏雲嘔吐了淺灘就散去。

我揣摩不透卵石的硬心腸，
可不可以留給浪尖輕薄。

但她們是我葬身之地，
咬不動，卻圓潤無比。

愛上女金魚

你又可以說她是水裡一團火，
其實她只是一尾新月跌進魚湯。

默念她冰雪聰明的快樂，
你讓她無奈得燦然，腰肢招展。

一條嘻哈魚，脫下羅裙便美味，
不，她寧願委身水晶宮的冷。

你讓冬天滑出手指，滑到
噴泉夠不到的銀河。

在另一排岸上拍打小趣味，
她噓出氣泡，你數鱗片。

她跟水草商量著什麼，
你又想說，玫瑰魚別躲太遠。

你釣起一聲嘆息，把脖子
勒住，她也會愛上你。

戀上女夏天

她開出胡說的花朵，
夏天也隨便起來，
蜂房一蛋疼就炸出甜蜜。

她全身飄散該死的柳絮，
被蝴蝶裙迷離了，
在一陣陣香吻裡搖曳。

她亂透的粉拳揮成煙，
搖落了紙飛艇，
吹垮烏雲的萬般喜慶。

在女樹下乘涼

就這樣覆蓋我吧。
就這樣，不看見有飛的，
也不問誰跑得更快。

我聽到水晶刀劃過天空。

平原其實也可以空出來，
換成風景畫上的陰影。

抬頭就是透心涼的汁液。

就這樣，秋天沿雙頰流下，
這世界真和我一樣鹹。

美麗女錯誤

很多錯，都更錯了。
但最錯的，是喜歡一切錯。

誰也說不準是哪次錯過，
也就不可能真的說破。

女錯誤總有半個狐媚夜，
另外半個交給了魔戒。

原本要靠金錯刀來了結，
卻最終拗不過一雙繡花鞋。

鑽進別人的情書窺視眼淚，
聽見自己在信封裡撕心裂肺。

還有人比她更怕月亮會飛？
女錯誤才不管，一條路走到黑。

減字女蘭花

淋這麼濕，
真是很不好意思。
抱到床上，
躺在身邊有點燙。

花還沒開，
香味已經跑出來。
葉子太軟，
吹一口氣就會喘。

女壞人之歌

女壞人躺在靴子裡潛入河底用髮絲勒住水
女壞人飛雨如箭，學習天空的淫蕩

女壞人呢喃鏡中灰，沿梳子揮過來傲慢
女壞人一轉身就燒得通紅，為一縷煙胡旋出妖精

女壞人又轟隆隆奔來，唱短歌，喝爛酒
女壞人醉倒在自己的墨跡裡撲打月亮

女壞人撕碎雞毛信，以為可以飄落無限
女壞人伸懶腰，長成藤蔓又墜成滿臉花朵

女壞人騎雙眼皮而來，俏得減去猙獰還剩狡猾
女壞人用眼淚彈琴，把泛音送給流氓兔

女壞人一含情就燙破嘴唇，面如水色，吐一身夢話
女壞人剪完冬天就這樣睡過去，彷彿不認識春天

九顆女餛飩

一顆掉進湯裡，濺起的
也許叫做漣漪，也許
叫做小雨點，小清新……

一顆是辣的。她反過來
咬住我的舌頭，不讓我閉嘴。
她在我全身奔跑，繞過
骨欄杆，抓緊無限的肉……

一顆是綠色的，綠得發澀，
有早晨的草味。她用喘息
淹沒我時，味蕾已經老去……

有一顆在角落自轉，看不出
是傷心還是驕傲。她的熱舞
在滑音裡思索漩渦美，
她下沉，扭動在水母裙下……

鯉魚般的另一顆游向碗邊，
幾乎抓不住。她的逃逸
吻得更迫切，躍過每一寸歷史……

有一顆還在鮮美裡飛翔，
不像告別，倒像是玩弄酸甜，
撇開了一生的性感波浪……

那一顆呢，躲在姐妹身邊的
假溫柔，彎腰，羞澀，
等待琴聲滴落，張大了嘴……

還有一顆舊的，認不出的水雷，
沉默如珍珠，灼熱如狼。
她把正午吞噬在淚水裡，
袒露熟透的小腹，撲向深淵……

這最後一顆呢？她不安的一瞥
軟成夏天，背過身去，
一抿嘴就飽含了千山萬水……

輯三

女的

女傢俱城一日遊

這些影舞者的人生，一轉彎
就驚詫於梳妝。光束從臺上
為鏡面準備了宇宙鋒。
但芒刺不懂滅燈術，
只好擠出滿眼的賦縫讓鬼去替死……

疲憊的背包客玉體橫陳，如
托盤裡的蒸魚，經過了
千山萬水才來到睡眠。
誰是鏡中的女骨頭王？
從遠山遞來的，不止是假毛毯……

所以，影子飛不起來只能怪誰，
騎上掃帚也撇不清自己。
那張總愛抱住陰影的沙發
更愛抱恨終身。不管躲在床底
的女巫，滿臉蘋果的愁苦……

那麼，當一朵女雲躺在軟趴趴的地圖上
把她許配給衣櫃就不是玩笑。
那麼，拉開抽屜就是另一個懸崖，
也可以說是又一次高潮：
所有燈亮起，你就看到毛孔張開的未來！

女輪之歌

她的車翻出無限內臟：
金屬痛，咬住前程萬里，
她的焦黑冷到肺
再從臉開始胡旋舞，
飛也似地，炎症滲出藝術。
尖利要點亮什麼螢火？
竄遠了，世界被撞彎，
用節日披掛更多的野獸。

請原諒，內胎忘在嘴裡，
思想塞爆時，好胃口，
連月食也滾遠到天空的餓
她的美，凌遲輝煌
還沒掉落就歡笑不止。
那麼，車轍在記憶裡畫上
一個完美括號，耳光般
搖頭，用嘶叫割成刀痕

也能無比圓潤。碾過的平整
千層雲，裹起滿身濕疹
要她撲飛，要她轉眼一閃，
不管落葉宛轉到幾時，
抓住風，要她奔如流星

傷心女牙膏

說是淚水吧，卻滴不下來。
說是水果糖吧，又不甜。

說是時間吧，倒還能擠出一小撮，
捏到嘴裡的時候有那麼點軟心腸。

說圓滾滾吧，總算不會更胖，
洗掉的情感一定只留下沈腰潘鬢。

說白花花吧，也就是泡沫而已，
吐一口是一口，直到反胃。

請喝女啤酒

你一冒泡不就淚水瀲灩了嗎
跟著哭，不是要小心尿急嗎
浮出夜面，不就露出季節的裙底了嗎

但這一杯鋒刃還不夠疼嗎
鏗鏘水母還沒有俯仰在海角嗎
滿樓細雨還不如春天淫亂嗎
一生的送別不都要哼唱楊柳依嗎

趁月亮迷糊你還不懂怎麼嬌滴滴嗎
醉倒在蝴蝶旁不也照樣會死翹翹嗎
吐一腔滂沱不還落得酸溜溜嗎

等你睡著，誰用夢囈淹沒你呢
等你喝乾，誰擦掉你滿嘴的苦澀呢

一隻女耳朵的故事

比飄落在腦袋邊的葉子還輕薄——
沒長綠，先垂了下來。
唉，她總是太像溫柔的樣子。

那麼，就算把年輪割下來又如何呢。
牙齒喜愛鬆脆，正如
拳頭不憐惜軟塌塌。

她從不顧及另一隻的感受——
不聽話，哪裡會在乎它有沒有裝蒜。

都一樣，只管炫耀珍珠黃。
耳垂政治，假模假式地聽出和空出——
不動卻迎來劇變的喜悅。

敞開，凹陷，無限——
捂住回聲，也不過是拍碎了
一朵耷拉的高音喇叭。

下墜的女時鐘

你堅持要把春秋拋入一個漩渦。
樹葉嘩啦啦奔跑，
在落地前的一瞬間閉上眼睛。

而在季節中央，只有天使
才能揑出記憶的沙漏。
一聲嘔吐懸在半空，
一次撇嘴，和一生的繞行……

但時鐘漏掉了時間。
在著地的那一刻，
時光炸開了天堂。

女葡萄的一次夢囈

「……這是一款……
產自葡萄牙的葡萄酒……
她的陰影……燭光淩亂下
酷似一串串……葡萄……

「是的先生……您必須……用您
的軟驚詫，去揉捏……
……假如……海不敵她潮紅……
月亮升起，沿千重酒意……

「……您會沉入，葡萄核裡葡萄……
噢，是的……讓血淹沒您，每個器官……
深甜……只為了您

「裸身，漂浮在殷紅以降……
您會記得……葡萄尖叫不已……

「……請喝完她而……
為淤紫乾杯……為傷口……
咬住她，咬碎
……滿嘴咬葡萄胎……

「這是一款……產自葡萄牙的
……葡萄皮……不吐不快

「這是一款……是她……
的早年……早年的她……

「獸液緋紅……」

輯四

女了

女銀行物語

紙幣哆兮兮，皺起腰說
把我捲成晚霞吧。
故事被翻紅浪，股市
露出腳底，踢出白花花。

白花花裡有白茫茫，
雲端會掉下萬人迷嗎？
女元寶笑答：那就用
口袋的叮噹聲給我當密碼吧。

密碼把子宮鎖住，儲蓄
長成老胎兒。沒有一張卡
可以打開女提款機。
她撇嘴：讓我洗完錢睡吧。

睡在小數點邊上，女經濟
出落成新娘，在紅包底下
藏好初夜。她發愁：
把我疊成捅不破的紙吧。

誰怕女人民幣

就算把臉面全換成黛玉或者貂蟬
也嚇不倒燒紙錢的新貴。

一個人的冥幣會愛撫，撕爛，
就像朝雲間扔出去一輛輛寶馬
「那裡有森林煤礦，還有
喝不完的青稞高粱。」

花掉的美如花，跟拋開的輕如燕
誰才是冥幣的代言人？
答案：誰都不是，除非
蜷縮到印鈔機的齒輪中，聽任蹂躪，
把整個世界的驚悸都收進高潮裡。

紙上的微笑本來就是要燒烤的。
沒什麼大不了，就讓紙幣鋪開煉獄，
用水蛇腰纏繞無恥的女領袖。

海鮮女酒樓用餐須知

臉紅前，先用胸衣夾起龍蝦。

把手錶撥慢一小時，等一首漁歌醉到天亮。

抱起廚房，你必須看到大海裙下的火焰。

玫瑰被墨魚銜出，把握你的豔美感。

在美容湯的鹹和酸之間選擇煎服。

情急之下，吞嚥整條街上遊走的男死魚。

骨鯁在喉，你只能忘記初夜的繾綣。

網破，不見得是欲仙欲死的前兆。

打開蒸籠，反倒能聞到嗆鼻的淚水。

另一處顏射的日光醃製了月貌的腥泥螺。

從蟹醬裡探出頭，就能品嚐男星期一的無味。

叩謝爛魚額，就像叩謝炸焦的遠祖。

把學踢毽子的海蜇趕回淫蕩的睡夢。

把鰲燈掛到窗外，掛在女天的明滅間。

女動物園遊覽指南

「嗯，草泥馬美眉被體質過敏了。只能看
不能說。別楞著，快餵她吃綠茵茵吧，
越肥越好，越幸福越好。

「千萬別忍不住。要不然
馴獸員會刪掉你的舌頭。

「還不懂？看見九尾狐阿姨了嗎？
要是跟著快跑，你會走失的。
還不如學幾招她撅屁屁的小康模樣。

「要不，你還是騎娛樂火鳳凰吧。
染上些她臉頰的紅，你會多點榮恥感。

「或者，揉揉白蛇精擰出的小蠻腰也行，
就像雜耍藝人把九節鞭當警笛來吹，
傾聽蛇的啼哭，權當傾聽了自己的原罪。

「還有，看到美人魚姐姐的酥胸得趕快掉頭，
好孩子，你要學乖。」

中國女聲音

在所有的胖子裡，你
是最好聽的。你是我們
日夜膨脹的失蹤天籟。

火車在一場哈欠裡轟隆，
用雷聲震蕩床上的黑。
鼓起的不是勇氣，是魚腮，
你從奇怪裡浮上來，嘴型
像天使，嘟成星期天。

你總是忙於吹高音氣球，
一直飄到泥足仙境。
從蘑菇雲端放眼望，
潑掉的眼珠鮮如靈芝。

你正是那個懸浮女工。
把整個身軀倒過來，
你就聽見被淹沒的太空
轟鳴，陷入肉體，
軟成翻捲大地的舌頭。

忠孝東路的女故事

下雨了，這淫蕩的天空。
我剛走出丹堤，
信義區就臉紅了。
我披著苦出身，
任憑空氣藏起果味。

想唱臺北就是我的家，
表情沾滿口香糖。
哼不完的總是春風。
唾沫只好說起日語來，
雅蠛蝶撲飛粉嬌娘。

路邊攤也淺笑了，
遞過來蔡依林。
膚色洗不乾淨，
微痛，　臉醉意。
躺下的水才最燙人。

雨聲呻吟不止，
我的傘歡喜極了。
假如摩托都跑成小白兔，
我乾脆掏出胡蘿蔔，
誘惑滿街的玩具鼻子。

霹靂州的女西湖

霹靂州的西湖安靜得像剛哭完的戀人，
從未洗過的半邊臉，水比沒有水還要輕巧。

大學貌似浪漫著：有些詩人開成牆外的玫瑰，
有些陌生人卻被花園寵壞，怒放成驚雷。

漣漪直到如今還不足以泛出歷史的淚花，
舊氣息歡樂撲鼻，糾纏最遙遠的友誼。

魚群從水面下游向腎虧的馬來語，
飛禽撲騰濃咖哩，探出牙齒敲廣東腔鑼鼓。

四肢熱鬧起來，繼續測量時間，但地是軟的，
俠客嘘成一陣風，熱淚似劍影掠過半島。

一顆星掉在椰汁裡，一下子襲香，一下子泛酸，
在情話裡揮發成酒，削鐵也只能爛醉如泥。

街頭麵餅抛出寶萊塢歌舞，旋風甜膩如蛀牙，
而會館裡，詩經虎嘯龍吟，搖醒湖底的神魔。

頭巾下的水冒出閃電，眼波不輸妖媚海峽。
岸邊，鮮花多妻，蝴蝶撲朔一身蝌蚪文。

閱讀大詩30 PG1230

楊小濱詩×3

女世界

作　　者　楊小濱
責任編輯　鄭伊庭
圖文排版　賴英珍
封面設計　王嵩賀

出版策劃　釀出版
製作發行　秀威資訊科技股份有限公司
114 台北市內湖區瑞光路76巷65號1樓
電話：+886-2-2796-3638　傳真：+886-2-2796-1377
服務信箱：service@showwe.com.tw
http://www.showwe.com.tw
郵政劃撥　19563868　戶名：秀威資訊科技股份有限公司
展售門市　國家書店【松江門市】
104 台北市中山區松江路209號1樓
電話：+886-2-2518-0207　傳真：+886-2-2518-0778
網路訂購　秀威網路書店：http://www.bodbooks.com.tw
國家網路書店：http://www.govbooks.com.tw
法律顧問　毛國樑　律師
總 經 銷　聯合發行股份有限公司
231新北市新店區寶橋路235巷6弄6號4F
電話：+886-2-2917-8022　傳真：+886-2-2915-6275

出版日期　2014年11月　BOD一版
定　　價　350元（全套三冊不分售）

Printed in Taiwan

國家圖書館出版品預行編目

楊小濱詩×3 / 楊小濱著. -- 一版. -- 臺北市：釀出版,
2014.11
冊；　公分. --(語言文學類；PG1230)
BOD版
ISBN 978-986-5696-50-4(全套：平裝)

851.486　　103020339

讀者回函卡

感謝您購買本書，為提升服務品質，請填妥以下資料，將讀者回函卡直接寄回或傳真本公司，收到您的寶貴意見後，我們會收藏記錄及檢討，謝謝！

如您需要了解本公司最新出版書目、購書優惠或企劃活動，歡迎您上網查詢或下載相關資料：http:// www.showwe.com.tw

您購買的書名：______________________________

出生日期：________年________月________日

學歷：□高中（含）以下　□大專　□研究所（含）以上

職業：□製造業　□金融業　□資訊業　□軍警　□傳播業　□自由業

□服務業　□公務員　□教職　□學生　□家管　□其它_____

購書地點：□網路書店　□實體書店　□書展　□郵購　□贈閱　□其他

您從何得知本書的消息？

□網路書店　□實體書店　□網路搜尋　□電子報　□書訊　□雜誌

□傳播媒體　□親友推薦　□網站推薦　□部落格　□其他__________

您對本書的評價：（請填代號　1.非常滿意　2.滿意　3.尚可　4.再改進）

封面設計____　版面編排____　內容____　文／譯筆____　價格____

讀完書後您覺得：

□很有收穫　□有收穫　□收穫不多　□沒收穫

對我們的建議：______________________________

____

____

____

請貼
郵票

11466
台北市內湖區瑞光路 76 巷 65 號 1 樓
秀威資訊科技股份有限公司 收
BOD 數位出版事業部

（請沿線對折寄回，謝謝！）

姓　　名：＿＿＿＿＿＿＿＿　年齡：＿＿＿＿　性別：□女　□男

郵遞區號：□□□□□

地　　址：＿＿＿＿＿＿＿＿＿＿＿＿＿＿＿＿

聯絡電話：(日) ＿＿＿＿＿＿＿＿　(夜) ＿＿＿＿＿＿＿＿

E-mail：＿＿＿＿＿＿＿＿＿＿＿＿＿＿＿＿